歌集

ノアの時代

岩井謙一

青磁社

＊目次

岩井謙一歌集

ノアの時代

良き便り

枯れ葉にて被われたればしょぼくれて背中まるめて春待つ大地

冬空の近くにあれば落ちたくもならんとぽとり椿の花よ

春なるは立ち入り禁止の看板がどこかにあるか寒さの続く
良き便りいつか届くと待ちいるに待ちいることが喜びとなる
なぜ硬くあるのか知らぬ石なれど手に乗せみればやっぱり硬し

散るために梅は咲かざり明日など無きかのように紅を見せおり

そのときは誰も知りえず一度だけ椿の花は蝶となりたり

母として子の墓として崩れゆく花を見下ろす椿の樹なり

盤上に駒うつ音の消えさりて竜王戦の棋譜の残れり

新聞の四コマ漫画まで読みて明日があるとは書かれておらず

核による滅びを書きし『渚にて』未来のどこかに置かれてあらん

風鈴

花見にはまだ早きゆえ屋台など来たらぬうちに桜咲き初む

観られるは嫌なものよと満開の桜ちらほら散り始めたり

借り物の花びらすべて大地へと返していたり桜の老樹

風鈴を今から吊るし来たるべき夏の暑さの魔よけとせんか

四季通し風鈴吊るすは風情にて又三郎が聞きにくるらん

風の絵師描きたる空に一線を書き加えゆく銀の音あり

菜の花はレールを深く愛しいて見えぬ果てまで添いて咲くなり

少しでも動けば命を奪いたる大きなからだのまんまる地球

雛

春待つに娘の進路決まりたり妻の小鳥を飼いたいと言う

南国の明るさあらぬ小鳥店その薄闇のなか雛のうごめく

元気だとむんずと摑むおばちゃんの手の中にいるインコの雛よ

母性とは変わらぬものか深夜でも雛にさし餌を与えいる妻

鳥の雛すぐに飛ぶまで育つのは守るものなく家なきならん

春いまだ空っ風など吹きおればインコを肩にちぢこまりおり

われにあり籠のインコに無きはずの自由なれども手にあまるなり

カーテンという絶壁にしがみつき飛べばよいのに登れるインコ

草を食むヤギを心に呼び入れて怒り憎しみ食べてもらわん

わが家に小鳥来てより日当たりの悪さもよしと天井見上ぐ

雛まつり

少しだけ温さのありて少しだけ明るき月はインコを照らす

空が落ちはばたきの場を失えばさらに高きを目指すか鳥よ

夜来るを信じぬゆえに今を鳴き今のみ信じるインコのこころ

雛の日にすでに雛ではなくなりしセキセイインコ飛びまわりたり

家離れ娘おらざる雛まつり人形だけは妻の飾りぬ

肩に乗るインコの軽さを忘れ果てあっと思いてまた忘る

なぐさめるちからのあらぬ人間は小鳥の鳴くを聞き続けおり

花水木かなたより来ているらしき神の視線を受ける十字に

わがこころ分別しては曜日など確認しつつ捨てて来たりぬ

永遠に飛び続けゆく鳥のいて空に墓あり死しても落ちず

夏

いにしえのノアの箱舟沈みさえすれば地球のなんと静かか

ト書きには激しく暑くとあるらしく北半球に夏は来るなり

いつからかあわただしくもよく聞ける熱中症などわれも使えり

暑ければうちわであおぎ来たはずに命が消えて線香ともる

もしかして産業革命なるものを起こすべきではなかったのやも

猛暑やら酷暑にあればおそるべき君等の暑さ夏来たる

科学などぼろぼろになり青かったみんなの地球ぼろぼろにせり

資源なる新聞くくりゆきたれば夏の字のあり消えることなし

十年後なにが起こるか知らねども貧は溺れて貧は渇けり

あるはずの停止スイッチ探せどもどこにもあらぬ温暖化なり

沙漠

どこかにて沙漠となれる土地あるにどこかで雨のしとしと降れり
乾ききり命のあらぬ土なればほかの名探せどやはり土なり

つぎつぎに月の沙漠のできたればらくだぽこぽこ歩いておらん

果ての無き晴天なれば大地なる日干しひと籠買いにゆかんか

雨乞いをすれども降らぬ青空を絞りてみればよく乾きおり

鮮やかな色の日傘をさしたれば小さけれども陰ができたり

大地とうフライパンにて焼かれつつ黒皮かぼちゃがころんと眠る

蛇口から水が出ぬときコンビニで買えばよかろう頼もしきかな

リゲイン

若き日に流した汗の旅をして今日降る雨になっておらぬか

朝まだきバルブを徐徐に開けたればカーンカーンと蒸気流れき

工場の水銀灯を消せるときすでに零時を超えていたりき

風呂はいる時なく働く主任より漂う臭い今もわすれぬ

二年間リゲイン飲んで戦ったそんな時代があった気がする

弁当のふたゆっくりと開ける日のなんとなく来てなんとなく過ぐ

バブリーな時代にやがて同志なるスタッフの顔散りて消えたり

流れものわれも書きたり辞表なる紙一枚をへたくそな字で

父母の住める日向《ひゅうが》に旅立つに無職のわれは通帳見たり

黒霧島

職を変え霧島連山よく見える街に通いて二十年過ぐ

企画室なる配属に戸惑えどいつのまにやらなじみていたり

焼酎をとんと知らねば読みこめる「醸造協会誌」旧かなもあり

いくたびも「黒霧島」の文案を書きては専務に心こめよと

黒キリのパックをもちて裏を見るわれの書きたる痕跡あれば

企画から研究職に異動してなにやかにやをやっきにやれり

管理職とう任につき奥底に汗へのひけめ感じていたり

台風で自宅待機の指示受けて連絡網をまわし始めぬ

懐かしき現場に入りて見上げれば労災ゼロのポスターありぬ

定年を思う歳なり壇上で花束もつに拍手をしつつ

残りたる三年あれば朝飲めるサプリの増えるばかりとなりぬ

悪人

こころあり翼もあればどこへでも行ってしまうよ小鳥というは

言葉とは暴力なるにほかならず傷つけ傷つきそののちの死

それほどに悪人なるかわがこころ手に乗せ眺め眺めつづける

我こそは正しいのだと叫びたて蟻踏み殺す愚者のありたり

当選すせざるのニュース気にならず明日のお天気マーク見ており

数えれば三十年の人生というおまけいつもらっていたか

母性なき男にあればさよならを子に言い森へ消えてゆくなり

苦しみの無き世界への切符など出てこぬものかコイン入れれば

枯れ葉

ネットにてフィリピンの悲を検索し肩に乗りたるインコと見たり

貧しさにさらなる苦しみ与えたる台風消えて昼と夜あり

「フィリピンに緊急援助を」台風のハイエン消えても一年続く

青空という奈落へと消えゆかん実りたるままもがれざる柿

落ちたれど終わりではなき枯れ葉ゆえ踏まれてもなおそこにあるなり

里山に石の仏の彫られおりときおりお供え変わっておりぬ

ブレーキのあらぬバイクにまたがりてどこへゆくやら知らず生きおり

人の腕たとえ翼になろうとも飛ぶを許さぬ空があるなり

亀

日本へと野分近づく頃あいのなくなり四季のおりおりに来る

遠ざかる電車の中に人のいて見送りたるを縁というか

若き指スマホに触れてはねあがる何億回目の動作なるらん

雨の中逆らい続け天めざす噴水いつも落ちてばかりよ

通勤の車の中で祈りおり走り続けるわれの教会

甲羅干しする亀の上また亀のいてなにか遠くを見つめていたり

平安の姫の歩みと思うほど静けく進む気候変動

温暖化とう消せぬ火に手をかざし温し温しとみな笑いたり

大使

人おらぬチェルノブイリに馬は駆けずたずたなれどエデンとなれり

オンカロの十万年後は静かなりその昔人なるは滅びて

一万の核弾頭の一発が飛べば地球はどうなるだろう

核兵器ぴかぴかにする手のあれば試したくなる人のおるらん

キューバ危機ありしことなど美しき大使来たりて思い起こせり

半島の北より渡れる鳥の群いるのだろうか日本の空に

北という武器店ありて映像に値札なけれどよりどりみどり

試し打ちなるミサイルが海に落ちあんこうの住むあたりにあるか

あきらかな殺意を受けし広島と長崎なれば多く死にたり

船に似た雲浮かぶとき船長でありし父など思いていたり

福島は忘れられぬに雨多く晴れの多きは忘れられゆく

クリスマス

悲しみを比べることなどできざれど山茶花散りて椿は落とす

字は書かぬ字は打ちてのち変換をするものなればわが字失せたり

カレンダーとう情報を切り取りてたたんでしまえばただの紙なり

特急にただ乗りできる満席の空気うらやみ田んぼに立てり

運転はいやだいやだと思いつつアクセル踏めば会社近づく

鬼になり追いかけたれどだれもいず終わりのあらぬ鬼ごっこなり

刈田にて雀の群がついばめる落ち穂少なくきびしき真冬

クリスマス明日と思えば十字架に打たれん釘の鋭さませり

イエス

正義など持たざる小鳥まちがいを犯さぬゆえにいらぬのだろう

カーナビに決して映らぬところありこころの底の四季の無き闇

風船がしぼみておれば喜びを与える力なくなっており

テレビにて産まれるよりも効果音ありて死にゆく人のはるかに多し

父と母並び見下ろす畳には体温ありてそっと触れたり

わが雲はどれだどれだと見上ぐれども浮かびいるのみ教えてくれぬ

パレットに絵の具いっぱいありし時されど歳などとればモノクロ

十字架に苦しみ死すをみどりごのイエスはすで知っていたるか

裏切られわれも裏切るイエスには馬鹿らしきほど許しのあらん

苦に満てるこの世の時の短くて天国にゆくアフリカの子ら

遮断機に二分されたるあちら側われの存在せぬ世界あり

歌姫

見えざれどこころと呼ぶはありたるを本を閉ざせる音に聞きたり

生きること疑わざるは信仰をはるかに超えてインコは黙す

パソコンを打つわが肩に乗るインコ生きているとはこんなに軽し

大陸も海もあらざる鳥の地図どこまでも空が描かれている

寒き朝小さき歌姫木の上で羽ふくらませ目を閉じており

明日などという重きもの思わずに羽をつくろうセキセイインコ

おはようと空時青分インコ言う闇時星分おやすみなさい

はくちょう座あれどインコ座の見えざるはすぐに遠くへ行くことなきよう

難民

人間の世界の悲惨に注がれる小鳥のなみだ一粒もなし

果てしなく多産なシリア難民を四百万も国の外へと

シリア産む難民という赤んぼに乳を与える母はいぬなり

難民の訴え字幕に見たれどもそれにて終わり島国はよし

いつのまにあの日のための追悼の番組流すテレビありたり

母の顔ふたりの父の顔あるは空の果てなり見上げ続ける

東電に家奪われた憎しみを言う人のありただに見ており

白杖をつきて歩める目の見るはわれの知らざる大切なもの

放射能たしかに見えず人の目に見えぬものこそ多き世界よ

宇宙なる定規で測り一瞬のそのまた一瞬を生きる人類

ニュートリノ重さあるので貧しさが減っていくとはだれも思わぬ

明日

か弱きと思うインコを肩に乗せ泣ける分だけ人らしくあり

逃げられぬ籠のインコの自由よりはるかな自由に苦しむわれか

わが肩にインコ乗れるはおたがいにひとりにあらぬと思えてならぬ

おろかなるおろかなるほど明日あるを信じぬわれはインコと遊ぶ

朝の道かならず狸の横たわりハンドルきって明日なきを避く

雀鳴きインコの鳴ける朝の来て裏表無きひかりを妬む

要介護なる猫に春の来たりなば二十四歳さらによぼよぼ

老猫の世話をするのは妻の母しものことやら水や餌やら

母送り父を送りてきたる猫われも送るか天に待てるか

いつの日か地球が割れる可能性ゼロにはあらずオムレツ用に

逃げること籠の鳥には許さぬにとっと逃げる人間である

遠き春

生きゆけばこころにちりのつもれども怠惰のゆえに掃除などせぬ

おはようとおやすみの間に怒りあり悲しみのあり寝ても憎めり

わが命果てるを知れど肩の上のインコは永久に生きねばならぬ

人間のプロのおらねばど素人らしく愚かな戦争をする

春来たと思えば春なりまだ来ぬと思えばいまだ遠き春なり

デモというもの経験のあらざれど歩くは好きでけっこう速い

百億のスーパーカミオカンデなりいくつのお握り買えるだろうか

月に住む金持ちおじさん見上げれば青しかあらぬ地球の浮かぶ

たんぽぽが咲いた咲いたとおしゃべりをしているのかとインコに聞けり

泣くことを捨て鳴くことを選びたる小鳥は庭でさえずりており

猫の鼻

北極の表面積の減るを見てどの株を買うトレーダーらは

老猫の上に乗りたれば王様と見えるインコの時代は来ぬか

梅雨近き季節にあれば雨傘と日傘つぎつぎあらわれて消ゆ

びわの実の散りばめられて星多き宇宙と見ゆれどやがて消えゆく

ま昼間にかがやく星の見えざれどインコはじっと見つめ続ける

自由なるすずめの声で鳴くインコ呼べど呼べども風のみ来たる

わが家の庭にて鳴ける蟬の声ひさしく聞かず音ひとつ消ゆ

雨よりも晴れが好きなるわれなれどずっと晴れなら干上がっている

雨の降る予兆の風の匂いかぎにゃあと鳴かずに寝むりいる猫

わが肩にインコを乗せて映りたる鏡の中に嘘は無きなり

口笛で鳥の鳴き声まねすればかわいそうにとインコが答う

明日より不確定なるあさってのスケジュール見る手帳開きて

脱皮することのできざるわれなれば蝶にもなれず蟬にもなれず

わが恥の山あるはずが見えないとインコの言えりたしかに見えず

ピーターパン

自由なきこいのぼりなり風吹けば飛ばんとすれど人がゆるさぬ

たまご割りこの世にいでし雛けしてたまごの中に戻らぬと言う

おしゃべりをするするたんぽぽを黙らせんとて花ちぎりたり

バレエにて静止続ける白鳥の動かざるとは難しきこと

少年はピーターパンを捨てたれば飛べなくなりて地にてうごめく

雪柳散りて落とせる花びらを風がときおり拾いてゆけり

五月晴れその一瞬をポケットにつっこんでみる唾を吐きつつ

日曜日いつのまにやら時過ぎてサザエさん三話終わっていたよ

半身を隠しいるのはなぜなぜと聞けど答えぬ月の浮かべり

人生も五十を過ぎてがたばかり誇れるものの無きを誇ろう

二度と無きとう祈りこめ石灰が牛舎の前に撒かれ続ける

とまり木の小さきインコわが重荷担ってくれるすばらしいやつ

いるだけでいいそんなインコの存在に頼れるわれを強しと思う

借りものの地球に線引き国つくり汚しまくりていまだ返さず

郵便

電線にとまれる雀わがインコけっしてとまれぬところに鳴けり

昼寝とう時間のなかに歩みくる夢のあれども間に合わず消ゆ

よく晴れた八十八夜に悲しみを持たず摘まれる葉っぱの覚悟

郵便がなぜ来るのかは分からないなぜ届くかも知らずポストへ

雨降れど赤きスクーター走り来て礼を求めず走り去りたり

青空のページをめくり字を追えばいつのまにやら眠くなりたり

夕焼けの来たれる空に一冊の本を借りたり日没までを

眠り姫起こさぬように鳥鳴かず風は動かず新聞の来ず

飲み干して無くなりたる空っぽのコップの中になにかがあった

友だちになりたいけれどもうすでに流れてゆけりまた会おう雲

木の枝を家としたりて眠りいる鳥は持たねば失いもせず

鳥の耳

原因はバードストライクそんな記事インコの鳴くを聞きつつ読めり

脱皮なくいつのまにやら中年も過ぎんとしたり打ち止めならん

悲しみを肩のインコにつぶやけばひとつひとつを飲みこみくれぬ

たっぷりと悲しいことを知っているインコは言葉をときどき捨てる

千羽鶴われは折り方知らぬゆえ紙一枚はいつもそのまま

白鷺を肩に乗せるは難しくかわいくないと思う鳥なり

嘘の無きこころをもてどピノキオの話聞いてはうなずくインコ

鳥の耳どこにあるかを知らざれば名を呼ぶときは目を見ているよ

素晴らしい一日

休みたきときあるらしく長針と短針が消え去ることのあり

壊れたら捨てるが普通なるゆえか修理屋さんは月曜日来ず

テーブルでタップダンスを踊り終え拍手を待たずインコに戻る

素晴らしい一日だったいつもそう言うインコと夕焼け見つむ

海底に堆積したる死に向けて泳げど届かず息吐く空へ

青春を与えられざる代わりにてわれの隣にいつも死があり

死ぬことのできずに時の過ぎたれば老いて死ぬとう平凡待てり

わが余命あとどれほどか知らざれどすでに普通をたっぷり持てり

スワンコちゃん

もうだめと思えどインコを手のひらに乗せてみおればば元気だよぼく

さよならの近きインコになすことのあらぬを知ればただに祈れり

さし餌して雛から育てし妻は母インコは母鳥たしかに知れり

妻の手に包まれインコ死にたるを母鳥ゆえに涙とまらぬ

目を開けてさよならしたるインコなり死しても空を見つめているか

自らのスワンコちゃんの名前のみおしゃべりしたる小鳥であった

冷え切ったスワンコちゃんをハンカチに包み小箱に眠らせる妻

喜びを与え続けてちょっぴりの悲しみ残し小鳥は消える

晴れた朝わが指ぴくりと動きてはインコの国を指し示したり

窓の辺にしがみつきては外を見るインコはやがて空にもどるよ

小鳥の花

小鳥だけ生きいる地球を探せども見つからぬのか夢のなかすら

電線に昼寝している雀ありどうかゆっくり眠っておくれ

優しいと思える風の吹きたれどけっして肩にはとまりてくれぬ

海賊となれば戻りてくれるかと片目をつぶり空みあげたり

一年と少しの時のかえがたき家族の時間にインコはいたり

ひとしずく雨を手に乗せ歩きたりやがて消えるを知っているから

いつかまたそう言い残し消えたればわが肩いまだあけているなり

消えてのち軽き痛みをそっと置く小鳥の花が朝に咲きたり

葉書

飢えている子のためでなく金使う飢えたこころを癒す小鳥に

インコ死に小鳥屋いけばいくらでも雛がいるなり二千円にて

ただ一羽ただ一つにてただ一人同じ命は決してあらず

野に生きる雀のまねをするインコ雨に震える昔ありせば

青空を殺し続けて飛びゆけるジェット機の下に鳥の空あり

人間にもっとも近き鴉ゆえ悪者あつかいされて遊べり

天使とは鳥にあらずや翼あり可憐で愛もてなにかを伝う

定年が近づくにつれがんばりが効かなくなりて疲れてばかり

「お疲れの様子ですね」といつだろう河野裕子氏の葉書出て来ぬ

美しきカレン・カーペンターの声聞きてやがて消えたりまた再生す

いかなるもカレンの声を聞きながら殺すはできぬと思うされども

北極航路

今日は雨きのうおといその前も明日は知らねど予報は傘か

晴天に小鳥の声の澄みたれど豪雨に家の流れるを見る

この雨は神の命じたものならず傘を叩ける音高ければ

いにしえのノアの洪水ならねども鬼怒川あふれ広がりゆけり

熱こもり温まりきたる深海に嵐の種がころがっている

寒冷化言える先生いまだいて言論の自由いいものだなあ

科学などスマホをなでる指見ればいかなるものか分かりて哀し

無敵なる戦士作るにかならずやiPS細胞の使われおらん

歳とりて怒りわくこと多くなり優しい爺さんほど遠きかな

夏来れば北極航路なるもので船は行き来す便利なりけり

電車

このボタン押しなさい「はい」数秒後たぶん三尺玉だろうけど

台風の母は海なればゆりかごは大きく大きくそして濃き青

台風が五月五日に来たならば自由に飛べるこいのぼりかな

満員の空気と三人ほどを乗せ森へと向かう日豊本線

雨に負け枯れ葉に負けてとまること使命と思うかローカル線は

寒風の吹きこみ車内は零下へとドア全開の日豊線は

電気食い椅子を運べる深夜まで吊革トイレついでに乗せて

いつまでも新幹線と縁のなしそれが一番よきとこならん

マララ

命より大切なものありしゆえ十五の少女マララ撃たれき

ヒロインを優遇するはあたりまえ白雪姫のそのむかしから

アフリカに子供のヒーローおらぬから薬飲めずに消えてゆくなり

ISに爆弾とされし子の名前書かれておらず新聞たたむ

十七のマララ受けたる平和賞シュヴァイツァーは七十七で

尾崎豊「十七歳の地図」ありて彼なら賞を笑っただろう

マララにはLINEする友あるのかと娘のスマホのジージー鳴れり

星流るどこかで拳握りつつなみだをながす敗者をおもう

足跡

なにもかも知っている空に尋ねれば間違い知らぬゆえに間違う
空っぽのコップをぐいと飲みほせば胃の腑がとみに満ちたりており

ほんとうの水惑星になる日までそう遠くないとクジラの鳴けり

セルフにて給油をしいる警官の支払いやはり現金なるや

きれいには見えぬ地の水飲んでいるからすの強さすずめの強さ

ハンドルを握る老婆のひきつれる顔の近づきすれ違いたり

格子ありピンクの豚のいたはずがからっぽ運ぶトラックのあり

いずこにか神の足跡残れるに霧島連山決して明かさず

霧煙りもののけ住めると思うまで近寄りがたき照葉樹林

雨上がり緑いよいよ濃き森に虹の産まれて産まれては消ゆ

黒蝶を追いゆけば神とすれ違う日向の国はよきところなり

お猿のかごや

時速にて五百キロ出し宮崎をリニア走りしことのありたり

リニアとは鶏小屋と豚小屋のあいだ走れぬという名言

もう二度とリニアの走ることのなき実験線にソーラーパネル

リニアにてもっと地球が暑くなる夢なるものはエネルギー喰う

U字なる磁石で砂鉄とり遊びているがほどよきならん

乗りたきはお猿のかごやそれほどに急いでどこへ行くのだろうか

のんびりとホイサッサにて旅ゆけど追い越すものは風ばかりなり

逆光は怖きものにて輝けるひかりが見るを奪い去りたり

花の新年

道端に野菊の花の咲き続けついに元旦つぎは雛の日

初日よりはるかに赤く咲きいるにだれも拝まぬ気楽なカンナ

刈田には萌えたる稲の緑あり力のあればそのまま実れ

彼岸花ピンクに咲くをあれあれと見続けており新年の朝

正月の雨にしろばなたんぽぽの一夜に畔を被いて咲けり

%にて長期予報は暖冬を示しておりぬほうと思えり

暖冬が続くと信じそろそろと春物などをたんすより出す

寒きより温かきはうれしくて凧など見ながら散歩しており

大寒波

なにもなきえりも岬の冬の日に風の集まりたつまきとなる

東京の駅の混雑いつか見たように思えど雪はなかった

触らずに電信柱を折るというすごきものよと大寒波なり

道端にすでにタンポポ咲きいるに明日の予報は雪１０センチ

猛暑なる全豪オープン汗ぬぐう錦織圭に雪ひとひらを

わが里の函館おおう低気圧テレビに見れば雪ばかりなり

啄木の座像いまごろ雪浴びてひどき咳などしてはおらぬか

火星より地球が寒くなりたれば金星よりも暑くなるやも

大寒波すぐに忘れて夏来ればうちわなど持ち歩いておらん

寒波ややゆるみてきたり陽だまりに花はすくっと咲き直しおり

あしたへと明日を投げ込み砕けてもまた一球を投げんと思う

ノアの時代

滅びへの道歩むゆえ背に翼あらぬ人類それでよきなり

籠の鳥放たれる時来たるらん空は広くあまりあるゆえ

空で生き空で死にたる鳥たちに地球をゆずる頃合だろう

海に浮く籠の中には人のいて鳥より食べ物もらうは夢か

肩なくてさびしむ鳥のあらざれど思いだしくれ肩ありしころ

地を走るその大地なき世界ゆえ競うことなくゆっくりと飛べ

オリーブの葉の深海にありたれば鳩といえども遠く見ている

ガガーリン言いし「地球は青かった」海のみになればもっと青なり

ノア見たる海のみの世界こんどこそノアすらおらずはばたけよ鳥

あとがき

ここ十年ほど気象庁のホームページで季節予報を見るのが習慣となった。勤務している会社が農産物の影響を受けるためである。そこには世界の異常気象のサイトもあって、高温、低温、多雨、干ばつが季節を同じくして世界のどこかで起こっているのだと知ることができた。

「気候変動に関する政府間パネル」が出した第五次評価報告書には、今後排出される温室効果ガスの量によって4つのシナリオが想定されている。しかし最悪のシナリオを超える状況で地球の温暖化が進行しているように思えてならない。

空は相変わらず青く、時に雲に覆われる。ひょんなきっかけでセキセイインコが一羽家に来た。元々は空を家としてきた鳥だ。しかしその野生のおもかげはなく、これほどはかない命があるのかと不思議であった。一年あまりで天に帰ってしまったが、残してくれた大切なものを短歌として多く詠んだ。

旧約聖書にノアの物語がある。神が世の乱れにすべての命を絶やそうとしたが、ノアという人物に動物や鳥のつがいと、ノアの家族のみを箱舟に乗るように命じた。そして洪水を起こし地にある命すべてを滅ぼしたという。

私は長らく人類が滅びるとしたら核戦争であろうと思ってきた。しかし今は気候変動によってそれは起こると考えるようになった。その時もう一度箱舟が造れたとしたら、すべての種を乗せたのち、地球を支配してきた人類はノアと同じく箱舟に乗るのであろうか。それとも別の選択をするのだろうか。

短歌について多くを教えていただいています伊藤一彦先生に感謝いたします。また出版に際しましてお世話になりました青磁社の永田淳さま、妻が書いた表紙の絵を装丁していただいた仁井谷伴子さまに厚くお礼申し上げます。

二〇一六年六月

岩井謙一

歌集　ノアの時代

初版発行日　二〇一六年七月六日

著　者　岩井謙一

宮崎市清武町加納二〇四四—一〇（〒八八九—一六〇五）

定　価　二〇〇〇円

発行者　永田　淳

発行所　青磁社

京都市北区上賀茂豊田町四〇—一（〒六〇三—八〇四五）

電話　〇七五—七〇五—二八三八

振替　〇〇九四〇—二—一二四二二四

http://www3.osk.3web.ne.jp/~seijisya/

装　幀　仁井谷伴子

装　画　岩井芳子

印刷・製本　創栄図書印刷

ISBN978-4-86198-356-6 C0092 ¥2000E